Moi, je sais tout sur le Père Noël

Nathalie Delebarre
Aurélie Blanz

Les grands disent
que le Père Noël n'existe pas.

Mais moi, je ne les crois pas.
Parce que si le Père Noël n'existe pas,
qui apporte les cadeaux chaque année ?

qu'on ne peut pas descendre par la cheminée.
Surtout quand on a une hotte sur le dos.

Mais moi, je sais que c'est possible.
Le plus difficile, c'est de remonter.

Les grands disent
que le Père Noël n'a pas le temps
de lire les lettres de tous les enfants.
Il y en a beaucoup trop.

Mais moi, je sais qu'il le fait,
parce qu'il ne se trompe jamais de cadeau.

Les grands disent
qu'un traîneau ne peut voler
dans les airs et se poser
sur les toits des maisons.

Mais moi,
je dis qu'ils se trompent.
Parce que ce sont les rennes
qui volent, pas le traîneau.

Les grands disent
que le Père Noël ne peut pas se trouver
dans tous les grands magasins en même temps.

Moi, je dis qu'ils n'ont rien dans la tête.
Les Pères Noël des magasins sont des faux,
tout le monde le sait !

Les grands disent
que le Père Noël ne devrait pas passer
dans les maisons sans cheminée.

Mais moi, je dis que la cheminée,
ça n'est pas vraiment important.
Ce qui compte, c'est le sapin.

Les grands disent
que le Père Noël n'a pas le temps d'emballer
les cadeaux de tous les enfants.

Mais moi, je dis qu'il se fait aider.
Par la Mère Noël et par tous ses lutins.

Les grands disent
que le Père Noël ne vieillit pas
et que c'est trop bizarre.

Mais moi, je connais la vérité.
Il vieillit, mais comme il a la barbe
et les cheveux blancs, ça ne se voit pas.

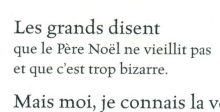

Les grands disent
que si le Père Noël venait vraiment dans les maisons,
quelqu'un l'aurait rencontré.

Mais moi, je l'ai attendu, caché sous les couvertures.
Et je l'ai entendu marcher.
Mais j'ai eu un peu peur d'aller voir de plus près.

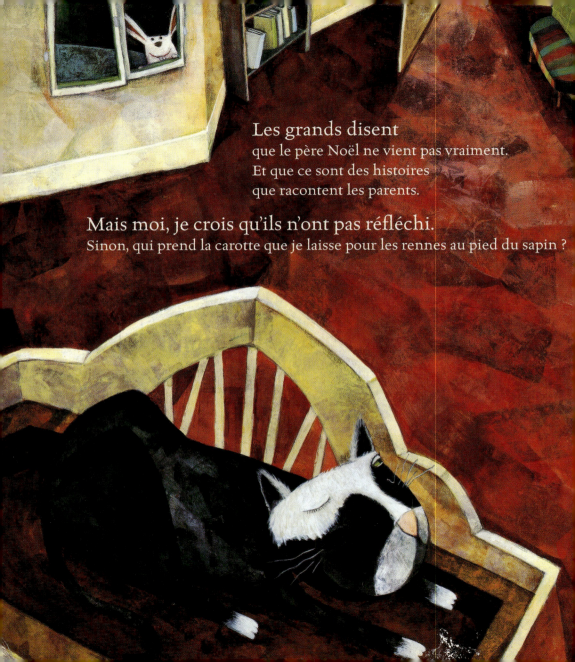

Les grands disent
que le père Noël ne vient pas vraiment.
Et que ce sont des histoires
que racontent les parents.

Mais moi, je crois qu'ils n'ont pas réfléchi.
Sinon, qui prend la carotte que je laisse pour les rennes au pied du sapin ?

Les grands disent
que dans les pays chauds,
le Père Noël aurait trop chaud
pour porter son manteau rouge.

Mais moi, je dis qu'ils ont tort,
la nuit, dans le ciel, il fait toujours un peu froid.

Les grands disent
que ce sont les petits
qui croient au Père Noël.

Mais moi, je sais qu'ils se trompent.
Parce que si le Père Noël n'existe pas.
Pourquoi en parlent-ils tout le temps ?

© 2007, Hachette Livre / Gautier-Languereau pour la première édition.
© 2009, Hachette Livre / Gautier-Languereau pour la présente édition.
ISBN : 9782013931618
Dépôt légal octobre 2009 - édition 03
Achevé d'imprimer en novembre 2012
Loi n° 49-956 du 16 juillet 1949 sur les publications destinées à la jeunesse.
Imprimé en Espagne par Estella Graficas.

Moi, je sais tout

Une collection d'albums malins et drôles, pour tout savoir sur tout.

Moi, je sais tout sur le Père Noël

Moi, je sais tout sur la maîtresse

Moi, je sais tout sur les mamans

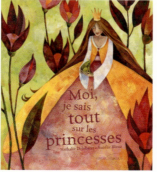

Moi, je sais tout sur les princesses

Pour attendre Noël
avec les *Petits Gautier*

19. Nicki et les animaux de l'hiver ✳
Jan Brett

21. La véritable histoire du Père Noël ✳
Marie-Anne Boucher, Rémi Hamoir

46. Les jouets oubliés du Père Noël ✳✳
Dominique Thibault